KB118201

사랑이 죽었는지 가서 보고 오렴
박연준 시집

문학동네시인선 209 박연준

**사랑이 죽었는지 가서 보고 오렴**

## 시인의 말

어느 여름 저녁
파초 잎 아래에서 당신이 울고 있다면

어느 여름 저녁
내 얼굴이 못생겼다면

그건 슬픔이 얼굴을 깔고 앉았기 때문.

2024년 4월
박연준

세상에 올 때,

당신은 무엇을 가지고 왔나요?

# 차례

**1부** 이곳에선 깨진 것들을 사랑의 얼굴이라 부른다

## 2부 혼자는 외로운 순간에도 바쁘다

## 3부 말하지 않는 시, 말하는 그림

**4부** 돌멩이가 조는 걸 바라보는 일

# 1부

이곳에선 깨진 것들을 사랑의 얼굴이라 부른다

# 흰 귀

흰 귀로 시를 쓰고 싶어
말랑말랑한 시 한 편,

내 고양이 당주는
하품을 한 뒤 눈을 감는다

오후 두시에 뒷발을 걸쳐두고
두 귀는 쫑긋

지나간다

굴 속 흰 잠

잡을 수 없는 이름이 달아난다
너의 흰 귀,

내 고양이 당주는
잠을 굴속에 부려두고

손뼉을 치며 달려온다

잡아봐!
잡아봐!

흰!

흰!

## 불사조

당신에게 부딪혀 이마가 깨져도 되나요?
질문이 끝나기도 전에 나는 날았고
이마가 깨졌다

이마 사이로, 냇물이 흘렀다

졸졸졸
소리에 맞춰 웃었다

환 한
날 들

조약돌이 숲의 미래를 점치며 졸고 있을 때

나는
끈적한 이마를 가진 다람쥐
깨진 이마로 춤추는 새의 알

이곳에서는 깨진 것들을 사랑의 얼굴이라 부른다
깨지면서 태어나 휘발되는 것
부화를 증오하는 것
날아가는 속도로 죽는 것

누군가 숲으로 간다

나는 추락이야
추락이라는 방에 깃든 날개야
필사적으로 브레이크를 잡다
꺾이는

나는 반 마리야
그냥 반 마리,

죽지도 않아

"사랑이 죽었는지 가서 보고 오렴.
며칠째 미동도 않잖아."

내가 말하자 날아가는 조약돌

돌아와서는
아직이요—, 한다

아직?

아직

## 재봉틀과 오븐

늙는다는 건
시간의 구겨진 옷을 입는 일

모퉁이에서 빵냄새가 피어오르는데
빵을 살 수 있는 시간이 사라진다

미소를 구울 수 있다면 좋을 텐데

높은 곳에 올라가면
기억이 사라진다
신발을 벗고 아래로 내려오면
등을 둥글게 말고
죽은 시간 속으로 처박히는 얼굴

할머니가 죽은 게 사월이었나,
사월
그리고 사—월

물어볼 사람이 없다
당신과 나를 아는 사람은 모두 죽거나
죽은 것보다 멀리 있다

사랑을 위해선 힘이 필요해,

라고 말한 사람은 여기에 없다 만우절에
죽었다
그의 등, 얼굴, 미소를
구울 수 있다면 좋을 텐데

사랑과 늙음과 슬픔,
셋 중 무엇이 힘이 셀까
궁금해서 저울을 들고 오는데

힘은 무게가 아니다
힘은 들어볼 수 없다

재봉틀 앞에 앉아 있고 싶다
무엇도 꿰매지 않으면서

누가 빵을 사러 가자고 노크하면
구겨진 옷을 내밀고
문을 닫겠다

당신은 내 앞에 내려앉은 한 벌의 옷

사랑한 건 농담이었어,
당신이 변명하면

나는 깨진 이마 같은 걸 그려볼 것이다

웃을게요
웃음을 굽겠습니다

## 나귀쇠*가 내 사랑을 지고 걸어간다

나귀
나귀

나귀!

어느 날 사랑이 온 것처럼
어느 날 사랑은 가겠지

그걸 예감하다 덜덜 떤다

일어나지 말렴
엎드려 죽은 척하렴

*

늦었다
언제나 나는 너무 늦게 깨닫지
동굴 같은 입속으로 밀려오고 밀려가는
시간의 흐느낌
그걸 나는 나귀, 라고 부른다
너무 커서
눈앞에서 압사할 정도의……

— 웃는구나 너는
  그래, 웃는구나


                          *


어젯밤 나는 사랑을 나눴고
중심에 아가미가 돋은 짐승처럼 파닥였다
쏟아지는 게 좋아 감싸고 녹아들고 땀으로 젖어
자빠지는 게 좋아
끝을 생각하다 어둑해진 연꽃처럼

나귀
몸을 사랑한다는 건
영혼의 외투를 사랑한다는 뜻이야
밤마다 침대에 엎드려 흔들리는
영혼의 외투들,
보렴
각자의 방에서 느리게 낡아가며
우는 외투들

사랑은 몇 해 전 이렇게 말했다
밤에 술렁이는 나무들을 향해,
헝클어짐은 사랑의 본질이라고

수렴될 수 없다고
물방울이 아래로 떨어지며 동그란 생을 파열시키는 일
동그란 동그란 동그란,
네 동그라미를 내게 다 줄래?

누가 죽을 때까지 얼굴을 동그랗게 유지할 수 있지?
내가 사랑한 외투에게 던진다 전부

얼굴,
얼굴,
얼굴들

사랑을 낭비하느라 너무 많은 시간을 썼어
이제 얼굴은 쓰레기통이야
죽은 비가
얼굴 위로 쏟아진다

내가 못생긴 건 슬픔이 얼굴을 깔고 앉았기 때문
짜부라트렸기 때문

*

목소리에게 형벌을 내린다

오랫동안 태어나지 못하게 하는 형벌
내린다
악취를 견디지 못하게
내린다

나귀,
들판에 선 사람의 병을 축복하자

결국 병은 수용체에게 가는 거야
수용을 허락한 처소에게

나는 그 처소를 몇 군데 알지

걱정 말렴
사랑은 깨끗이 나았다
그게 사랑인 줄 몰라볼 정도로

나아서

걸어나갔다

몇 개의 눈을 감아야 사랑이 잠들 수 있을까

## 소금과 후추

나는 하루종일 나를 부숴
즙이 튀도록
가루가 흩날리도록
어깨와 골반, 마음을 생각하지 않고
나는 하루종일 나를 부숴

그다음,
나는 하루종일 나를 찾아
책상에도 부엌에도 침실에도 오븐 속에도
후추와 소금에도
없는 나를,

부르지

고양이만 알아보지 너덜거리는 나를
안됐다는 듯 지켜보다
방충망을 두드려 탈출을 시도하지
이쪽인가 이쪽이 아닌가
너를 견디느니 차라리 나가겠어
선언하지
(똑똑한 녀석)

합체가 아니라면 해체를 위해

나는 하루종일 나를 부숴

종일

나 없이 전부인
나를
없는 나를 위해
전부 다 해

# 소설

꽂힌 침묵
그런 게 된다

말 속에 머무는 벌
그런 게 된다

어제 혼난 아이의 푸르스름한 종아리
종달새가 쪼아먹다
말다,
날아가는

그런 게 된다

죽은 새의 잠이 산 새의 입으로 흘러갈 때
멀미, 몸속에서 흔들리던 그네의 쏟아짐

그런 게 된다

유년이 지나도, 지나도
이어지는
복도
어려 죽은 나무가 고아처럼 걸어다니는
복도

그런 게 된다

소용돌이 속 한 톨의 먼지,
다수 대 한 톨의 싸움
한 톨의 전부
한 톨의 생활

그런 게 된다

## 울 때 나는 동물 소리

울 때 나는

소금으로 이루어진 칼
부레를 지닌 얼음
가난한 수도
깨지고 싶은지 버티고 싶은지
모르겠는,
금간 도자기

파열음을 돌보는 개가 사는 언덕에선 나를 이렇게 부른다

아침엔 바보 점심엔 파도

저녁엔 따귀 까마귀 푸성귀

밤엔
카오스 피안
카오스 피안

그곳에서
내 미래 직업은 아지랑이
내 둥근 식탁은 아지랑이
내 굳은 슬픔은 아지랑이

바보 파도 따귀
푸성귀

소리 없이 리듬만으로
울 때, 나는

동물 소리

아침엔 바보
점심엔 파도 새벽엔

우는 강
우는 탑

푸성귀

푸성귀

우는 탑

## 나는 당신의 기일(忌日)을 공들여 잊는다

나를 사세요
한 묶음 더 드릴게요
바짝 말렸어요 가져가기 좋게요
무겁진 않을 거예요
더는 시들 일도 없어요

구기면 구겨지고
접으면 접힙니다
날리면
날아가죠

가져가세요

뜨거운 물에 넣은 뒤 한나절 잊으면
순하게
사라질 거예요

끓여서, 잊는 거죠
질긴 시간이 부드러워질 때까지
감각이 액체로 녹을 때까지

입에 맞으면 마시고
비위가 상한다면

뿌려주세요
늙은 왕비들이 숨어 죽은 화단 같은 데,

봄이 되면 묽게
묶음으로

날아다닐 거예요

## 유월 정원

바보를 사랑하는 일은 관두기로 한다
아는 것은 모르는 척
모르는 것은 더 크게 모르는 척
측립(側立)과 게걸음은 관두기로 한다
보이는 것을 보고
보이지 않는 것은 보지 않은 채
실재를 감지하기로 한다
행운도 불행도 왜곡하지 않기로 한다
두려움에 진저리치다
귀신이 되는 일은 하지 않기로 한다
마음을 김밥처럼 둘둘 말아 바닥에 두지 않기로 한다
먹이가 되어 먹이를 주는 일,
본색을 탈색하는 일은 하지 않기로 한다
부수는 건 겁쟁이들의 일,
집을 부수는 대신 창문을 열기로 한다
두 시간마다 새 옷으로 갈아입고
고양이가 되어 사냥하고 할퀴기로 한다
발톱을 쭉쭉 빨며
함부로 피어나지 않기로 한다
오뉴월은 엎드려 지나고
팔월 즈음 푸르게, 해산(解産)하기로 한다
뻗어나가는 건 아이들뿐,
누추한 어른들은 삽목하기로 한다

한 그루 두 그루 세다
남은 건 버리기로 한다
아는 만큼 보인다는 자에게선 아름다움을 빼앗고
무지렁이로 골방까지 걸어가는 사람에게
신발을 골라주기로 한다
(정확함은 문학의 신발 치수!)
맞는 신을 신고 걸어가는 노인들을 골라
사랑하기로 한다
결혼이란
오른쪽으로 행복한 사람과 왼쪽으로 불행한 사람이
한집에서 시간을 분갈이하는 일,
뒤척이는 화분에 물을 주기로 한다
진딧물도 살려주기로 한다
영혼을 낮은 언덕에 심고
이제부터

작은 것에만 복무하기로 한다

## 마리아 엘레나 1

당신 이마, 내가 사랑했던
음악의 사원

그곳에 많은 것을 심어두고 돌아섰지요
하지 않은 말들이 피어나면

그 말들, 하나씩 엮어 기차를 만들고

내 허리춤에 끌어다 묶고
내가 길어지면 태어나지 못한 말들도 길어지는
태어나자마자 사라지는
허밍처럼
자꾸 길어지는

당신은
웅덩이에 집을 짓고 비를 기다리는 사람
나는 웅덩이에서 태어나
웅덩이 속 호수를 사랑했네

나는 씨앗이 되었네요
그 무엇도 피울 수 있지만
그 무엇도 피우지 않는

꽃의 미래는 씨앗
꽃의 과거는 씨앗

시간이 많아요
아주 많지요

웅덩이 속,
당신은 곧 피어날 우주
그게 내가 하려던 말이에요,
하지 않은

## 마리아 엘레나 2

사랑하는 것들, 다 죽겠지
언젠가는

그러지 않겠어?

내 고양이들, 언젠가는 죽겠지

어느 여름 저녁
파초 잎 아래에서 내가 운다면,

펄펄 울고 있다면

맞은편 창에서 흘러나오는 〈마리아 엘레나〉 때문이겠지

할 수 있다면
음악보다 더 슬퍼 뭉개질 텐데

죽은 내 고양이 앞발을 붙잡고 노래할 텐데
마치 다 없던 일처럼

내 흰 고양이 마리아 엘레나
내 검은 고양이 마리아 엘레나

사랑했던,

몹시
사랑했던

정수리에 내려앉은 햇빛냄새를 한 번만 더 맡고 싶어요,
파초 잎을 흔들며 애원하겠지

어느 날 나는 다른 사람이 되어 있겠지
그러나 내 영혼은 파초 아래 영원히 묻혔네

## 진눈깨비

꿈에 타르트를 먹다
그 속에서 잠든 아버지를 꺼냈다

냅킨에 올려둔 아버지가 아가미를 뻐끔대며
무언가 말하려 했다
반죽 속 깊이, 그의 입을 다시 묻었다

어둠 속에서 사라진 입이 들썩였다

"당신은 입이 없어요."
알려주자 고요해졌다

그때 냅킨을 머리끝까지 뒤집어쓴
아버지의 말이 태어났다

"미안, 나 먼저 죽을게."

또?

손바닥을 내리쳐 식탁 위로 지나다니는 말을 죽였다
두더지 게임과 비슷했다

냅킨으로 입을 닦고 식사를 마쳤다

일어나 밖으로 나오는데
허리 아래로 후드득

진눈깨비가 내렸다

## 이월 아침

진눈깨비는 모른다

자신이 얼마나 나를 꽉 쥐고 흩날리는지

눈이 뽑히도록 보고 싶은 것
눈이 뽑히도록 보고 싶은 것

그리워 죽죽 우는 것

진눈깨비여
진눈깨비여

나를 부수어 가지세요
나를 부수어 흩뿌리세요

나는 왜 언제나 나쁜 것만 예언할까요?

진눈깨비는 바보다

# 무보(舞譜)*

오른 다리를 오른 귀에
왼 다리를 왼 귀에

선과 새
선과 새

불러오세요

허리가 아픈 사람은 의자의 숨은 이름을 외치세요
다리에게 보내는 이름
가슴에게 보내는 이름
왼쪽과 오른쪽의 혼례에 참석할 이름
부위마다 새로 부친 이름

선과 새
선과 새

오른 다리는 왼쪽 허리에게
왼 다리는 오른쪽 귀에게

잠들지 않은 채 잠을 뉘어보세요
서지 않은 채 까치발을 세워보세요

죽은 사람과의 열여덟번째 겨울을
단전에 모으세요

선과 새
선과 새

불러오세요

오른쪽으로 피루엣 세 번
왼쪽으로 파 드 샤(pas de chat) 다섯 번

암전이 될 때까지
롱 드 장브(rond de jambe)
롱 드 장브(rond de jambe)
지속하세요
한 다리로
지나가는 세월을 그리세요

발끝으로
썼던 이름을 지우듯이

그리세요 지우듯이,
계속

그리세요

* 춤의 동작을 악보처럼 일정한 기호나 그림으로 기록한 것.

# 2부

혼자는 외로운 순간에도 바쁘다

## 작은 인간

작게 말하면 작은 인간이 된다

작은 인간은 작은 상자
사적인 영역
항아리 요강 무릎담요 속 캄캄한 전진
아스팔트 위가 아니라 아스팔트 아래
회전문을 밀치고 밀치다, 되돌아오기
돌고 돌아 소용돌이 속 정적 되기
먼지들의 집
빗자루 되기

작은 인간은 작은 우주를 들고 나간다

겨울을 걸으면 발에 치이는 알과 껍질
계절이 쓰고 버린 것들,
작은 연두 야윈 연두 굵은 연두 취한 연두가
얼굴을 든다

작은 인간은 부르면 사라진다
작은 인간을 위한 강과 다리
건너는 사람 없는

사소한 걸 이야기하면 사소해진다

공책을 펼치면 거기
작은 인간을 위한 광장
납작하게, 죽지도 않고 살지도 않는
이름들
사소한 명단이 걸어다닌다
작은 이름표를 달고 작게 작게

봄이 되면
봄 아닌 걸 치워야 한다

아지랑이를 먹으면 죽는다,
누가 말하는데
작은 인간은 천천히 그것을 먹는다

## 작은 돼지가 달구지를 타고 갈 때

작은 돼지가 달구지를 타고 간다
작은 의자에 앉아 바라보는 건 작은 나
작은 돼지의 작은 분홍이 너무 가벼워

손도끼로 의자를 부숴버린다

앉은 나를 부숴버린다

작은 돼지의 작은 앞발
작은 돼지의 작은 꼬리
작은 돼지의 작은 영혼이

무사히

달구지를 타고
넘어갈 때까지

하염없이
하염없고
하염없을

앉은 나와 내 달구지
작은,

밤이 반딧불이의 날개에 실려 탈 탈 탈,
투명하게 끌려가는
소
리

달구지는 작고
작은 돼지는 영문을 모르고
뜨겁고 축축한 미래의
작은 주문들

작은 돼지를 잘라주세요
부드럽게 다룰까요
눈을 가려주세요
작은 천국을 줄까요
얼굴을 눌러주세요 보기 좋게 살짝만
작은 식탁에 누일까요
고통을 썰어주세요 작게, 혹은 두툼하게
견딜 수 있을 만큼만 다정하게

밤이 반딧불이의 작은 날개에서 떨어질 때
자근자근 자근자근
밟히는,

어느 날 그런 게 무서워졌다

작은 죽음을 사고파는 것
작은 죽음을 사랑한다는 것
작은 죽음이 우리를 먹여 살리는 것

그다음 작게,
도착하는 것

## 저녁엔 얇아진다

침대에 앉아 바지를 벗고 양말을 벗으며
나를 찾는다
부풀거나 야윈, 나라는 조각들
발치에 개켜두고

찾는 것은 나,
찾는 사람도 나

책상 위에 접혀 있는 것
변기 속으로 빨려들어간 것
고양이가 핥아먹은 것
모두 다 나

무너지는 산을 등으로 막아야 하는 것도

나,

## 택배, 사람

밤의 능선을 뛰어다니는 사람,
무엇도 먹지 않지만 늘 배부른
그는 한 송이다

여름의 끝에서 이른 가을을 배달하는
한 송이

그는 내 정원에서 가장 크고
가장 오래 움직인다

지나치고 지나치다 지쳐버린

한 송이
하루를 인수분해 하는
한 송이
도착하면 출발하는
한 송이

그의 임무는 전달이다 그러니까
그는 전깃줄
그는 도화선
그는 도착의 왕
속도의 아들

도착과 동시에 떠나야 하는
한 송이

누군가 그를 세고 또 센다
건네기 위해 하루를 다 쓴
한 송이

받으세요
받으시고
영원히,
받으소서

우리와 우리 아닌 것
사이에 낀

한 송이

지나쳤지?
지나쳤지

셀 수 없는, 여름이 오면 좋겠다

## 주차장에서

그는 왼쪽 기둥에 바짝 붙여 주차한다
기둥과 차 사이, 틈을 메우려는 듯이

이렇게 바짝 붙이면 나갈 때 어떻게 해?
왼쪽을 긁어먹으라고?

그는 넓어진 오른쪽으로 뛰어온다

이것 봐,
다람쥐 두 마리는 더 주차할 수 있겠지?

다람쥐뿐이야?
길고양이들 오토바이 한 대씩 세우고도 남겠네
웃기지 않은데 웃음이,
얼굴 위로 뛰어든다

넓어진 오른쪽에 둘이 나란히 서서
다람쥐 두 마리의 주차 공간,
그들의 투명한 자동차를 그려본다

그는 왼쪽으로 기우는 사람
안쪽을 사랑하는 사람

얼마나 더 많은 다람쥐들 주차를 도울 수 있을까
사는 동안,

시간을 살피다 어둑해진 우리는
텅 빈 오른쪽을 끌고 걸어간다

## 베개 위에서 펼쳐지는 주먹

웅크린 채 힘을 주고 자다 주먹이 되었다
이렇게까지 단단해지려던 건 아니었는데
무릎도 엉덩이도 등도 허리도
한 덩이가 되었다

나는 나를 어떻게 펼칠 수 있을까

주먹이 통째로 흔들릴 만큼 흐느꼈는데
깨어나니
바스러질 정도로 건조하다

외로움 없이 주먹이 되고 엎드린 것들을 수거했다
납작하게 흘러가는 것
나쁜 문장을 생각했다
나쁜 문장을 오래 생각하면 착해진다

오늘 나는 카레를 먹는 주먹
보자기를 향해 돌진하는 주먹
홀로 된 주먹
부스러기로 환원하는

흐느낌
흐느낌

내 얼굴은 베개 위에서 펼쳐지는 주먹
주먹

## 작은 사람이 키를 잰다


착해서 그렇지, 하는 말엔
자(尺)가 들어 있다

관계의 근간을 재는 밀리미터 단위의
횐수작

손바닥을 맞을 땐 목이 뻣뻣해진다

목은 감정이 지나다니는 복도
엉킨 시간을 가둔 댐

자를 든 사람은 칠할 게 많다
두 손엔 먹과 흑,
그가 손을 내밀라 말할 때
탄생하는 삼십 센티미터의 권위
수평과 수직을 오가며
횡령하는 높이

목뒤에서 착함을 꺼내 손바닥에 세워보면
종이 울린다
길고 긴 줄을 부르는 종

착한 사람들이 일제히 걸어나와

착한 손바닥을 내미는 풍경

네가 착해서 그래
세상에서,

네가 작아서 그래

## 다이빙

눈 속에 뛰어들기 위해 시작하는 일

이마가 차가워진다
벌써부터 눈은 창밖에서 기다리는데

할 수 있다면
녹아내리는 결정이고 싶다
멀리서는 하얗게 보이고
손대면 투명으로 흘러내리는
즐거운 뱀 새끼,

주황으로 물든 지붕을 갖고 싶어서
마음을 용광로에 떨어뜨리고

까치발로 눈 쌓인 창문 앞에 서 있다

바람에 뿌리 뽑힌 나무처럼 시끄러운
내 머리통을,
쥐고
살금살금

눈 속으로 뛰어든다면
눈 속에서 다시 시작할 수 있다면

찬 곳에 두어야 할 것들을 생각한다
식지 않거나 쉽게 식는 것

## 혼자와 세계

이제 누구도 혼자 있는 법을 알지 못한다

혼자와 손가락,
혼자와 클릭,
혼자와 드래그,
혼자와 사이버,
혼자와 디지털,

혼자와 세계는 결혼한다
혼자는 글로벌이다

혼자는 배고프지 않고
배부른 세계를 본다
혼자는 울지 않고
우는 세계를 본다
혼자는 잠들지 않고
잠든 세계를 본다

혼자는 세계를 지향하고 세계는 혼자를 지양한다

혼자는
누구도 낳지 않는다
혼자는

태어나지 못하는 미래의 미래
혼자는
어디에나 있고 어디에도 없다

이제 혼자는 혼자조차 낳지 않는다

혼자는 스스로를 사육한다
혼자는 지구를 굴린다
지구보다 더 큰 원이 된다
혼자는 파트너를 만들어 사용한다
닫힌 시공간을 항해하며
다른 혼자들을 구경한다

혼자는 아주 작고
혼자는 전부다
혼자는 외로운 순간에도 바쁘다

어느 날 혼자는 브라운관이 꺼지듯
끊긴다

## 뜨거운 말

뜨거운 것을 쓰다 쏟았습니다 미안해요 부치진 못할 것 같
군요 미지근한 건 문학이 아니야, 말하는 어른 여자를 만난
저녁 주꾸미를 먹었습니다 뛰지 않는 심장과 뛰려는 심장
사이에 사랑을 접어놓고

마음이란 뭘까요 호호 불어 먹고 싶은 마음이란 어디에 간
직해야 하는 걸까요

당신은 오늘 내 손을 꼭 잡고 귓속에 뜨거운 말을 부어주
었습니다
그것을 안고 멀리 갈 거예요

당신이 나를 처음 본 날,
쉬운 퀴즈를 풀듯 나를 맞혀버렸다는 걸 기억할 거예요

당신이 좋아서
다가가고 싶지가 않아요

겨울 숲에
봄 아닌, 다른 계절이 오면

그때 갈게요

## 수요일에 울었다

홀로 운전해 집으로 돌아오는 밤
병원은 멀다

14일이라서
수요일이라서
알 수 없는 수의 날들이라서

이마는 일어서지 않는다
손은 구겨진 공책을 더듬더듬 찾고
유일한 길인 듯 무얼 쓰다가
공책이 지도인 듯 파헤치다가

서성인다 내가 할 수 있는 유일한 일,
서성인다 수요일에

## 도착
### ―당주에게

모서리를 사랑하는 고양이에게 물었다

너는 땅을 찢고 태어난 초록도 아니고
가지 끝에서 터져나오는 열매도 아니지
공룡처럼 알을 깨고 나오지도 않았어

너는 어떻게 우리에게 왔지?

새벽 나무에서 달아나는

잎이,

잎이,

잎이,

달아나면서 너를
데리고 왔나?

네발로 밤을 저울질하는 고양이야
너는 흰 털로 포장한 용수철
날개를 털어버린 새
잠 사냥꾼

산 사랑과 죽은 사랑을 골라내는 자
새벽 세시의 적요,

모서리를 사랑하는 고양이에게 물었다

구겨진 시트 위에 뭘 올려두었지?

여름의 끝,
희미해지는 열기
바람의 찬 꼬리
가을의 배냇저고리
옛날에 가졌던 이름들
먼 곳의 물소리
먼 곳의 발소리
이런 것
날 보는 네 초조한 행복
이런 것

내 고양이는 복화술로 답하지

여름의 끝에 도착했으니,
같이 잘까?

내 고양이가 눈을 감자
달빛, 쑥부쟁이, 돌과 참새가
사라졌다
한꺼번에

## 미운 사람과 착함 없이 불쌍함에 대해 말하기

꿈에 벽보에서 이런 문장을 봤다

슬픔은 코카콜라
슬픔은 요구르트, 대일밴드
냉장고 속 마요네즈

전화가 온다
전화벨소리엔 발이 있다
달려오고 달려가고
도망칠 수 있다

여보세요?
여보세요

들리나요?
들리나요

당신은 그가 잘못한 점을 얘기한다
마요네즈처럼 얄밉지
코카콜라처럼 뛰어다녀
나는 듣기만 하다가 용기를 내 말한다

그를 불쌍히 여겨봐

가엾어 죽을 것 같다고 생각해봐
불쌍한 마음을 데려와
불쌍하게 생긴 마음이 그의 온도라고
불쌍함의 크기가 그의 덩치라고
불쌍한 냄새를 풍기는 게 그의 영혼이라고
생각하면,
생각만 하면
불쌍한 마음이 강처럼 도착하지

당신은 듣기만 한다
귀가 작아진다

"그건 네가 착해서 그래"

당신이 내게 침을 뱉은 것 같다

한쪽에선 불신이
한쪽에선 불편이
일방향으로 흐르고

수화기에서 비가 내린다

귀가 작은 사람이 승리한다

나는 미움을 생각한다
젖은 벽보를 떼어낸다

## 구원

세상에서 가장 작은 동그라미를 그리기,
이곳은 미래입니다

어려워요, 누군가 말하자
하늘에서 새가 떨어집니다
실패하면 당신 아닌 것이 자꾸 죽게 됩니다

얼마나 흘렀을까 시간이 태업한 지

외로워요, 누군가 말하자
채찍을 든 지구봇(bot)이 등장합니다

외로움은 이상한 속도로 기우는 감정.
지구는 위험에 처한 작은 주머니.
손끝에서 벌어지는 골무처럼, 위험에 처한 작은 주머니.
당신의 지구를 구하세요.
세상에서 가장 작은 동그라미를 그리세요.

침대가 둘, 방석이 셋, 양말 여러 개
그런 걸 세다가 사라지는

동그라미를 그리다 지친 사람들이
무릎을 꿇고 앉아 땅을 더듬습니다

떨어지는 눈물방울은 너무 크고,
점을 찍는 건 반칙입니다
시작점을 찾아 원을 그려야 합니다

지금 내 다리는 하나
여기와 저기에,
밤이 오고 밤이 가는 사이 헤어졌거든요

세상에서 가장 작은 동그라미를 그려볼까요

중심에 눈을 박은 컴퍼스처럼 다리를 벌려
곡선으로 휘어지는 시간을 그려볼까요

## 경주 1

무덤가에서 울었다고 하면
누군가는 날 보고 귀신과 근친이라 하겠지
그렇지만 내가 아는 귀신은 경주를 몰라

초면이다
귀신도 무덤도 신라도,

나는 그냥 무덤이 너무 커서 울었지
얼마나 큰 슬픔이길래, 무덤을 이리도 크게 만들었을까

저건 너무 큰데,
아무리 생각해도 너무,

슬픈! 귀신!

슬픔의 몸집, 소문만 무성하던 그 실체를 마주한 것 같
아서
어린아이처럼 흐느끼며 걸었지

왕들이 잠든
푸르고 둥근 곡선을 눈으로 미끄러지며

너무하네 다 지난 슬픔들

구정물 튀길 일도 없이 굳어진 것들

작아지지 않는 슬픔이란
푸르게 둥글고
먼 옛날
내 무덤 푸르다 자랑한 여인*은 아직도
어느 먼 곳에서 커다래지는 중일까

하여 나는 또 어느 여름 경주에 가서
삶의 부른 배를 바라보겠네
바라보다 중턱에서 멈추고
다 진 듯이,

흘러내리겠네

비탈 위를 미끄러지며
'하염'이라는 수염을 쓰다듬겠네




* 최승자.

## 경주 2
### —대릉원에서

울다 코 풀며 천마총에 들어간 나는
남의 무덤 속에서 잠시 죽은 뒤
여름 땡볕에 부활했다

훗날 내 사랑의 왕이 죽으면
캄캄한 음악 속으로 기어들어가 왕릉을 만들어야지

나 이제 잠들었으니 깨우지 마세요,
묘비를 세우고

그러나 너무 큰 무덤은 좀,

슬프긴

슬펐다

# 3부

말하지 않는 시, 말하는 그림

* 3부에 실린 시들은 그림을 보고 시로 표현한 결과물이다. 앞의 여
덟 편은 프리다 칼로의 그림을, 뒤의 세 편은 서정배의 그림을 보고
썼다. 그림 제목은 시의 부제로 표기했으며, 차례에서는 생략했다.

# 나는 졌다
## ―나의 탄생


방은 혼자다 벽에 걸린 여인은 혼자다 누운 여인은 혼자다
피를 통과해 도달한 몸이 밖을 향해 대가리를 내밀 때
태어나고 있는 우리는 혼자다


어머니의 살을 헤집고 비어져나온 내 머리를 보라
삶을 향해 내가 내민 내 첫 주먹!
주먹!
주먹!
주먹!
삶은 보자기를 펴 나를 감싸고,
나는 졌다
지다니,
지면서 태어나다니
여자는 고통 속에서 여러 번 죽은 뒤
내가 온전히 태어나는 순간 부활하리라


미래에서 온 아기들이 머리맡에 와서 본다
쟤도 죽었네, 쟤도 나처럼 미리 죽었네
(죽음이 나와 동시에 태어난다)
위아래로 머리가 달린 슬픈 짐승
서로 분리되기 위해 기다래질 때
비명 속에서 해체되는 것,
탄생!

탄생이 성공하면 죽음이 가벼워지고
죽음이 성공하면 탄생이 가벼워지는
놀이, 데칼코마니처럼
서로를 머금고 쪼개지는

이별의 탄생
탄생의 이별

## 쫓는 자와 도망가지 않는 자
### —상처 입은 사슴

가고 있어요 이쪽이 길인가요
등뒤엔 멈춘 바다, 나무는 팔다리를 잃었어요
아홉 개의 화살을 몸에 박고도 멈추는 법이 없어요
당신을 보고 있지요
뿔이 위로 뻗은 이유는 멈추지 않았기 때문
나 역시 바라보는 당신을 봐요
당신은 내 모가지를
피 흘린 몸통을 깃털처럼 가볍게
날아든 고통의 촉을
가느다란 네 다리를 새까만 발굽을
사람 형상을 한 사슴으로서의 내 얼굴을
머리카락을 두 쌍의 귀를
보네요

고통의 면적이 넓어질수록 앞이 거대해져요
앞이 있으므로 앞을 봅니다
아홉 개의 화살,
이후를 생각하죠
깃들지 모를 화살의 새끼들을 모든 나머지를
기다려요 내게 날아오는 것
뚫고 파고들어 박히는
사고를 생각해요 충돌하기 위해 시작하는,
고통을 파종하는 것을 생각해요

사랑이 파종이라면
당신은 내 위에 무엇을 심으시겠어요?

가고 있어요 네 개의 귀로
바깥 동정을 살피며 여러 겹의 소리를 들어요
화살과 몸피 사이,
당신과 나 사이,
사랑과 사랑 사이에 생산되는 온갖 잡음을
들어요 발밑엔 나무의 나무였던 나뭇가지가
뿌리를 잃은 채 시들고 아니죠 나는,

수천 발의 화살로
당신이 내게 오셔도
몰라요 앵글의 공포를 바깥을 향해 기어가는

피의 속도를
위선이 아니라
체념이 아니라

내 몸은 고통이 선택한 통로,
나는 그냥 상처의 새끼예요

## 나는 하반신을 잃은 치마
### —부서진 척추

고통이 휩쓸고 간 자리에 놓인
나는 한 마리 첼로
작은 못들을 삼킨 첼로다

내 몸에서 아직 음악이 흐르다니

음악이 못 위를 넘나든다
부서진 척추 틈에 고이고
섞이며, 다시 흐른다

나는 하반신을 잃은 치마

내 치마 위에 누웠던 당신들이 허공에서 헤맬 때
디딜 때를 찾으며 춤출 때

고통의 중심이 살을 좀먹으며
안착한다, 내 영혼에

십자가에 못박힌 건 내가 아니다
십자가가 내게 와 박혔다
투명하고 아름다운 십자가가 계속,
내 속으로 이양되려는 것

아파서 입을 벌릴 수조차 없다

손을 놓으면
내 하반신은 날아가리라

## 우리는 저울을 사랑합니다
—두 명의 프리다

우리는 왼쪽에 하나 오른쪽에 하나
보이지 않는 곳에 여럿입니다.

왼쪽 심장이 신을 벗을 때
오른쪽 심장은 손을 내밉니다.
오른쪽 심장이 모자를 쓸 때
왼쪽 심장은 안경을 벗습니다.

우리는 대체로 손을 잡고 있지만
잡지 않은 손으로 다른 생각을 합니다.
당신이 없는 곳에서 만나
서로를 두드려보고 깨져도
모른 척합니다.
가끔 울고 오래도록 구불구불 글씨를 쓰다가,
그림을 그리고 그림 속에서
넘어지고 일어나고 넘어지다
저녁이 되면
다른 심장을 통해 사라집니다.

멀쩡한 우리와 멀쩡하지 않은 우리가
얌전히 앉아 기다립니다.
아픈 곳을 찾을 수 없어 두리번거립니다.

어느 쪽에서부터 피가 시작되었지?
어느 쪽 심장이 더 강할까
어느 쪽 생각이 더 명료할까
어느 쪽 사랑이 더 무거울까
재다가,

우리는 저울을 사랑합니다.
사랑하는 저울에 나란히 올라갑니다.

## 밤은 파기된 사랑의 도래지
### —디에고와 나

너는 커다란 모자
챙이 휘어진 붉은 모자
나는 줄곧 모자 속으로 들어가 잠을 잤단다
마음의 얼레를 하염없이 감는 밤
실을 끊고 외출할까, 아침이 오면

밤은 파기된 사랑의 도래지야

너는 내 얼굴에 살고 나는 모자를 쓴 채,
모자를 버렸지
나는 모자 속에서 잠든 붉은 비행접시
오래도록, 날아다녔다

모자 주인은 모자를 잃은 줄도 모른 채

영원히 돌게 하라
하늘에서 도는 붉은 팽이인 나를

기다란 바람 한줄기 팽이를 때려
슬픔도
사랑도
고통보다 빨리, 더 빨리
돌게 하라

# 욕조
## ─물이 나에게 준 것

내 위에 고이는 것은 슬픈 것들이다
무엇도 놓치지 않는 광장,
뉴욕도 멕시코도 물에 빠져 죽은 저 여자도
내 위에 고이면 작아진다

아직 살아 있는 다리 두 개로 나무를 조여볼까
(한쪽은 쉼없이 작아지지만)
욕조에 누우면
위로 떠오르는 것들
어머니, 아버지, 갓 태어나 금이 간 것들
희망 사랑 돌개바람 침몰 침몰 침몰
하지 않는 것

욕조는 우주보다 넓고
물위를 떠가는 슬픔은 하찮아서
방관한 채 바라보려네

지독한 것은 흐르지 않는다

## '멍청하고 과격하게' 연주할 것
### —머리카락을 잘라버린 자화상

등뒤에서 내 코를 향해 배반!
이라고
허리 아래에서 정수리를 향해 배반!
이라고
떠들고 웃는 사이 입술을 비집고 도망가는 미소를 향해
배반!
이라고

얘기하기도 지치지만 이 비스듬한 각도가 배반!
이라고
노래하던 종이 떨어졌다

유방을 자르고, 어제를 자르고, 장미를 자르고, 흐르는 선
율을 자르고, 머리카락을 자르니 완성됐다 나무의 어제, 오
늘, 내일을 자르니 밤이 오듯이, 사방에 널린 죽음, 지렁이
를 닮은 상처, 몸에 감긴 수많은 당신은

입술을 거짓말로 접어놓고,

나를 삼킨 입술이 나를 뱉어내는 순환 속에서
다시 태어나리라

가장 높은 음을 머리카락이 항변하리라 열렬하게

살아남으리라, 잘린 채,
썩지 않으리라

내가 이토록 상심한다는 사실을 받아들이기 어렵습니다
나는 나를 이해하기가 그를 이해하기보다 어렵습니다

악보를 그리는 사냥꾼들이 속삭인다

누가 잡힌 그물에 대가리를 또 밀어넣지?

사냥감은 나빠, 사냥감이 제일 나빠
왜 자꾸 사냥을 부추기냔 말이야!

노래를 부르다 총구를 쓰다듬고, 총알을 입술로 감싸도
흘러가는 구름을 밀어내며
냉큼,
또 죽으러 가는!

나는 가장 나쁜 사냥감이었으므로

세상의 모든 그물을
끊어놓겠다

## 상처 몇 개
### —단도로 몇 번 찌른 것뿐

모자 쓴 남자들이 원탁에 모여앉아
술을 마신다 한들
기억이 취할 수 있겠어요?
고작 취하는 것뿐이겠어요?

당신은 그저
단도로 몇 번 찌른 것뿐

괜찮아요

죽은 것들은
번복해서 상하지 않으므로

나, 라는 무덤은 언제
편편해질까요

가죽은 질겼으므로 상처 낼 수 없고
내 이빨도 상하지 않았으므로
다친 건
건강했던 시간 두 송이뿐

## 사랑은 잠들었다
### —〈나를 위한 위로〉를 위한 드로잉

잠은 푸르게 휘어지고,

너는 잠 속의 잠
팔 벌린 유령
발 없이 무대 위를 지나는 배우

잠은 나무에게 이양되고,

너는 꿈속의 꿈
치마를 두른 어둠
나이테와 나이테 사이를 헤매다

죽은
벌레

너는 눈먼 나무
휘어져도 흐르지 않는

지나간

강물

## 청동거울
**—나는 틀렸었지… 나는 틀렸었지…**

하지만 옛날

나는 틀렸었지
나는 틀렸었지

비틀린 시간 속 비틀린 농담으로
나는 자랐지

그건 기록할 만한 일

나는 틀리고 틀리며,
반복해서 틀렸어
다 다르게 틀린!

지금은 아냐

하지만 옛날,

나는
틀렸었지

# 키키, 키키, 키키키
## —슬픔의 온도 재기

키키

오후 세시에 만나자

머리를 풀어헤치고 방안을 걸어다니는
네 얼굴은 누구도 뛰어들지 않는 호수
무심한 구름이 휘휘 놀다 떠나는,

키키

구름 앞에 누워 있자
네 위에 너를
네 위에 너를
포개놓을게

여러 개의 네가 포개지면
오후 세시

구름을 타고 떠나자
방안을 날자
네 속에 너를
네 속의 너를

꺼내서 멀리 가자

키키

의미를 죽이고 유영하자
누워 있자
구름 위에서 명멸하자

등뒤에서 너를, 껴안고 있는 너를, 바라보는 너를,
작아지는 너를, 맴맴 도는 너를

찾자

벽 앞에서 너를, 등지고 있는 너를, 연기가 되는 너를,
주저앉은 너를, 돌돌 굴러가는 너를

찾자

오후 세시

터져나오는 웃음 뒤,
그림자가 되자

# 4부
돌멩이가 조는 걸 바라보는 일

## 초혼(招魂)

상아
상아
상아

이리 온

숨진옷*은 빨강
숨진옷은 파랑

이리 온
이리 온
내 가엾은 이름,

할아버지는 나를 부르고
나는 아비를 부르고
아비는 할아버지를 부르며

우린 다 죽어요
분명,

도래하는 어느 봄
도래하는 어느 밤

그럴 거예요

이리 온
이리 온

승냥이들이 달려와 삼창하는

이상한 봄과 밤이
있을 거예요

그럴 거예요


* 초혼할 때 쓰는, 망인이 생전에 입던 옷. 장례를 치를 때까지 지붕
위에 얹어놓던, 망인의 저고리.

## 밤안개에서 슬픔을 솎아내는 법
—1988

이것은 수줍음에 관한 노래
계단을 오르다 발이 사라진 아이의 주제곡

그애는 시종일관 뛰어다녔다
붙잡아도 소용없었다
잡아도 흘러가버렸다
밤과 안개가 합작해 아이를 도왔다

물 아래
녹을 수 있게
물 아래
흐를 수 있게
물 아래
잠길 수 있게

이미 그런 결로 가득한
가망
가망이라니?

가슴에서 명치를 떨궈내는 법
그런 게 있을까,
생각하지

아이는 무대의 왼편과 오른편에 반씩 서 있고
오른쪽으로 보내지 왼발을
왼쪽으로 보내지 오른발을
구르듯이
생각하지
안개를 떠먹는 아이를 밤에서 솎아내는 법
생각을 생각하고 생각을 생각하며

안개는 커튼은 깃털은 손끝은
연주하지
건드리면 열리고 열리면 사라지는

얼굴은 커튼 없는 무대
두 눈은 하는 수 없이 켜진 조명

이곳에서 밤의 악사들이 태어나고
뱀을 문 광대들이 흘러다니고
생각하지 얼굴의 암전에 대해
귀뚜라미가 백 년 동안 기어가는 장면이
공연의 전부라고

그러면 또

—   안개에 빠져 죽은 여자 몇
아코디언 연주에 춤추는 춤추다 흘러내리는
음악으로 만든 계단
생각하지
계단이 접힐 때마다 사라지던 아이의 유년
딴따라라고 놀림받던 유령의 튀어나온 무릎
관객의 취한 눈빛 속,
일렁임 속,
웃으며 뛰어다니던 쥐들 속,


음악


데려오는 것은 모조리 삼켜버리던


그 밤


안개들이 짐승처럼 아이를 먹으려 했지
맛있어 했지
뱉고 핥고 다시 뱉었지 동글동글
혀로 굴려가며 아이를 빚던


음악


—

아이의 형태가 그들의 혀끝에서 이루어지던

그 밤

아무래도 아이가 완성될 기미가 안 보이자 우르르르, 다
른 상대를 찾아 떠나던 안개들의 변심

생각하지
밤안개에서 슬픔을 솎아내는 법

그런 게 있을까

## 이렇게 말하면 어떨까

오직 여자만이 시를 안다. 이렇게 말하면, 근처에서 밥을
먹거나 차를 마시거나 이를 닦거나 머리를 말리려고 수건을
집어든 남자 시인들이 눈에 쌍심지를 켜고 달려들지도 모르
지. 그들을 화나게 하려는 건 아니다. 다만 진실 한 톨을 줍
고, 그다음 외치고 싶을 뿐.

그래도 지구는 돈다!

돈다!

내가 외치면 남자들은 늘 인상을 썼다. 그건 시가 아니라
고, 너 자신의 얘기는 그만 쓰라고. 감정 치우고, 비명 닦고,
눈물 거두라고. 나는 감정도 비명도 눈물도 사용한 적 없다.
지구가 돈다고 외쳤을 뿐.

이렇게 말하면 어떨까. 누군가의 시가 좋은 시라면, 당신
은 당신이 가진 여성성을 발휘해 그것을 썼을 거라고.

바닥,
먼지,
희미한 털,
여자짐승아시아,*
빈 호주머니,

재채기,
작은 목소리,
부엌 바닥에서 들리는 울음소리,
죽은 쥐,
금간 잔,
오래된 단추,
삼십 년 전,
늙은 손,
잃어버린 골무,
깨진 이마

이런 것을 품은 사이
당신이 풀어놓은 게 시라면,

\* 김혜순.

## 초록유령을 위한 제(祭)
—2022-10-29

작은 사람이 들어간 호주머니에는

작은 발톱
작은 슬픔
작은 엉김
허공에서 휘발되는 이름,
이름의 꼬리
이름의 눈빛

찌그러진 풀처럼 우리를 눕게 하는 감각

피 없는 살
숨 없는 생

초록유령을 위한 제(祭)
초록유령을 위한 악(樂)

준비하자

더 작은
더 작은
손,
별,

피,

더 작은
더 작은
사람이 들어가는 호주머니
속

숨은 사람과 숨는 사람의 시차 앞에 놓인
윤이 나는 악
악은 빛나고 활기로 떨린다

길 없는
더 작은 우리

초록을 생각한다

죽은 것들
작은 혼
더 작은!

작은 이름은 투명하다
허공에서 휘발되는
고통의 힘

이름은 어떻게 완전히 죽을까?
누구의 기억에도 남지 않고,

가벼움
사라지지 않는
잡히지 않는
더 작은!

우리는 압사라는 말을 보았다

# 음악의 말

## 1
벼락같이 빠른 걸 주운 사람?
주운 사람?

## 2
나는 음악이다
사람들은 내가 나타나면 '흐른다'고 외친다 나는 흐를 때
도 있지만
고여 있을 때도
앉아 있을 때도
싸우고 있을 때도 있다

나는 얼굴이 없다
얼굴을 비우고 다른 존재가 된다
쌓인 얼굴로
방을 어지럽힌다

나는 나를 말릴 수가

없다

저 첼리스트는 죽은 여인을 다리에 끼고 앉아
나를 부른다

나는 지붕에서

고통스럽게

나타난다

죽은 몸을 통과해야 하므로
내 길은 길고
축축하다

나릿나릿하게, 나는 침입한다

벼락같이 빠른 것을 주운 사람?

3
영원이란 말은 봉쇄되어 영롱하다
그것은 시작 전에 사라지는 말
음악에 붙어 귀신이 되는 말

우리는 지평선을 바라보았다
무엇도 타지 않고 그곳에 도착해야 하므로
우리는 가장 빠른 방법을 실천했다

바라보며, 가닿기
실천!

"네가 보면, 내가 갈게"
음악이 말했다

나는 음악, 그는 영원이었다
옛날에

아주 옛날에,

## 피아노 연습

도는 시도하지 않은 음 벗은 음 펼쳐진 음
갇힌 음 죽은 음
돛배의 음
커튼으로,
얼굴을 가리고 시작하는 사람이 있다

레는 열지 않아도 나타나는 음
얼굴로 시작해 얼굴로 끝나는
얼굴로 싸는 음
기지개를 켜는 음
한 발짝 반 발짝
혀 내미는 음

미는 이미 너무 많은 걸 시작한
음

파는 열 개의 잔이 흔들리는 찬장,
버금딸림음
페달에 도착하기 위해 걸어오는
발자국의 균열을 섬기는 음

솔은 목을 걸고 하는 맹세의 음
열 개의 구부러진 만세

활짝 편 만세, 끊어지고 이어지는 만세, 엉덩이를 사용하
는 만세
어깨를 쇄골을 허리를 위한
만세

라는 미래로 영영 가버린 음

시는 새장에서 태어난 유령의 음
까치발 선 귀신의 음

다시 돌아온,
도는
시도하지 않은 음
벗은 음
펼쳐진 음
갇힌 음
죽은 음
돛배의 음

## 형용사로 굴러가는 기차


쓸쓸한
무거운
헛헛한
긴 긴 긴
두려운
이상한
징그러운
공포스러운
기다란 기다란 기다란
거칠거칠한
시끄러운
미끄러운
빛나는 무거운 차가운
어두운 어두운 어두운
막막한
광대한 검은
처연한
오래된 흐린 딱딱한
지루한
바쁜
가쁜
슬픈 슬픈 슬픈
노여운

기차

기차

## 사랑으로 치솟는 명사

고양이 점프 발
창문 창문 창문
솜
구름
방망이
봄
점프
통 통 통
봄
피자두
살구
살구
호박 애호박
아기
새끼
낮잠
담요 참새 똥
똥
굴렁쇠
지우개
몽당비
가루
가루

가루
책 공책 산책
강
백합
달

그림자
그림자

얼굴
얼굴

공

사랑

## 안녕, 지구인

1
며칠이 더 남아 있을까?

미나는 불꽃놀이를 보며
오늘이 지구 멸망의 날 같다고 말했다.

가까워질까.
멀어질까.

어디에서부터 어디까지

2
나는 영장류
나는 인간
나는 존재
나는 생각하는 자

잘난 체하다 흘러간 세월,

스스로 지구인이라는 걸 체감하고 사는 지구인이 얼마
나 될까?
괴물은 다른 괴물을 어떻게 구분할까?

나는 지구라는 별에 사는 미물, 오염물 제조기, 포식자. 지
구는 내가 접수했다. 그것이 문제의 전부다.

뜨거워. 발 딛고 있는 땅에서 계속되는 불꽃놀이.
존재한다는 것을 잊은 채 존재하는,

지구인의 전문 분야는 불감증.

깨닫고 싶다.

멸망의 뜨거움.
지구의 가까움.

3
작별인사를 해야 한다면
그게 도리라면

안녕 햇빛,
나는 중심이 없었어.
늘 빛이 모자랐지.
안녕 밤의 지구.
안녕 비 오는 지구.
안녕 눈 오는 지구.

— 안녕 바람을 타고 돌아가는 지구.

오! 지구! 나!

4
동물
식물
혐오에 익숙한 곤충들
미안.
강
바다
산
모두 쓰레기통이 되었네.

버려지는 게 일인 쓰레기들.
그런데 쓰레기는 정말 버려질 수 있을까?
어디로?
지구에서 지구, 어디로?

작별인사를 해야 한다면
그게 도리라면

이 별에서 함께 산 우리 모두가 사라져야 한다면
—

우리가 스스로를 멸하게 했다면

사라진 것들을 생각해보자.
먼저 멸한 생명체들을 생각해보자.

5
좋았던 일.

작은 일.
아주 작은 일.

햇볕을 쬐며 강가에 앉아

돌멩이가 조는 걸 바라본 일.

잠자리가 날아오른 일.

손목에 앉은 일.

다시, 날아간 일.

기다린 일.
기다린 일.

지구가 젖는 것을 바라보다 내가 우산이 된 일.

6

지구를 달리던 사람들, 지구에서 죽은 사람들, 지구에서
병든 사람들, 지구에서 태어난 사람들, 지구에서 아기를 낳
은 사람들, 지구에서 쓰레기를 만들고 버리고 모으고 치우
던 사람들, 길 한가운데서 압사당한 사람들, 물 한가운데서
수장당한 사람들, 핵을 만들고 핵을 터트리고 핵을 빼앗고
핵을 지키고 핵을 탐하며 늙어가는 사람들, 전쟁광들, 어린
이 여러분, 이유도 모른 채 미래를 빼앗기는 중인 어린이 여
러분, 웃자란 청소년들, 여자 남자 어른 안 어른 온갖 잡다
한 인간들, 지구에서 고기를 먹지 않는 사람들, 지구에서 고
기만 먹는 사람들, 지구에서 공장식 축산으로 동물을 사육
하는 사람들, 동물을 풀어주는 사람들, 인간 때문에 고생한
온갖 생명체들, 자 축 인 묘 진 사 오 미 신 유 술 해, 해마다
사용되느라 숨이 꺾인 존재들, 지구를 닦는 사람들, 지구를
깨는 사람들, 지구를 등진 사람들, 지구를 짊어진 사람들,
지구에서 일어나는 멸과 망의 시간 앞에 우는 사람들, 웃는
사람들, 지구의 일을 보는 사람들, 보지 않는 사람들, 믿는
사람들, 믿지 않는 사람들, 그리고

사람 아닌 모든 것들,

것들.

것들.

안녕.

## 수업시간

어른들 잡으러 갈래?
어른을 잡아서 어른이 되자

아이는 펜을 쥐고 있다
테이블은 높고 넓고 깨끗하다

이곳에서 바보가 탄생한다

아무에게나 동정받고 잘근잘근 씹힌다
누구에게나 침 발리고 돌돌돌 사탕처럼 포장되는

애라고 할 수 없는 애들이
자라면 정말 애가 되는 놀이

어른을 잡으러 다니는 비가 온다
낙심한 얼굴로
비가 오면

아이가 엄마를 잃었다고 생각했다가
엄마가 아이를 잃었다고 생각하다가

## 시인하다

스무 살의 나는 하루에도 아홉 번씩 죽었다
서른 살의 나는 이따금 생각나면 죽었다
마흔 살의 나는 웬만해선 죽지 않는다

죽는 법을 자꾸 잊는다
무덤 속에서도 자꾸 살아난다
사는 일이 큰 이득이란 듯,

살고
살아나면
살아버린다

서른과 마흔,
사이에
산문이 있었다

그걸 쓰느라 죽을 시간이 없었다!

## 당신에게

코 박고 죽고 싶어 그건 살고 싶다는 말이야

바구니에 놓인 사과, 사과, 사과들
붉은 채점,
그건 시간이 흐르지 않고 쌓인다는 뜻이야 어떤 시간은
결코

흐르지 않지 한자리에 쌓이다 분처럼
내려앉을 뿐

오래전 내 곁에 있던 사람은 진실만을 말했어 진실, 그게
얼마나 뾰족하고 딱딱한 건지 누울 수도, 기댈 수도, 삼킬
수도 없지
그런 걸 누가 갖고 싶어한담?

그러나 나는 탐했다 진실을 탐한다는 건 편안해질 수 없
다는 말
고통으로 침대를 적시고 바람으로 옷을 해 입는다는 말

가느다랗게
가느다랗게
더 가느다랗게
비를 내리게 하려고

실오라기!
실오라기!
주문을 외는 구름처럼

무겁고 또 가벼이 이동해볼까

진실로 이루어진 가옥에서
오래전 당신의 입술 살피다
당신 위에
분처럼
쌓이다
쌓이다
나는
흩어지겠네

한 톨의 나도, 한 톨의 사랑도, 잡을 수 없단다
그건 살자는 말이야
죽자는 말과 같지

## 어제 태어난 아기도 밤을 겪었지요

　오해입니다. 당신은 밤을 압니다. 당신은 밤을 사랑합니다. 오해입니다. 당신은 밤을 사랑한 적 없습니다. 뒤척이는 사이, 당신은 잠들었습니다. 베개 위에 당신 아닌 것이 당신을 따라와 눕고, 침대는 축축해집니다. 오해입니다. 당신은 누운 적이 없습니다. 당신은 잠든 적이 없습니다. 당신은 잠에 끌려갑니다. 점점 무거워집니다. 오해입니다. 밤이 누구에게나 찾아간다는 것, 오해입니다. 밤은 공공재입니다.

　어제 태어난 아기도 밤을 겪었지요. 어제 태어난 아기도 밤이 한 올 한 올 빚은, 캄캄한 머리카락을 가졌지요. 어제 태어난 아기도 밤이 세상을 한꺼번에 덮어 사라지게 하는 것을 느꼈겠지요.

　세상에 태어나 가져본 게 겨우 밤이라니,
　아름답지 않나요?

　아기는 옛날을 압니다. 오해입니다. 아기에게 옛날은 먼 훗날에 가깝지요. 밤 갈피에 접어놓은, 버섯처럼 자라날 날들

　우리의 밤
　우리가 사는 밤
　우리가 살아버린 밤,

그 속에 들어가
그곳에 속하기

어제 태어난 아기도 밤을 압니다. 이미, 오해입니다. 늦은 오해입니다.

오늘도 옵니다.
내일도 옵니다.
어제도 옵니다.
인류가 사라진 뒤에도 밤은,

오해입니다.

지나가는 밤을 쏟아지는 밤을 이토록 무거운 밤을 오래된 밤을 처음인 밤을,

당신은 사랑하는 밤 속에 있습니다. 잠겨 있을지도 모릅니다. 다시는 밤을 맞을 수 없을지도 모릅니다. 사라질지도 모릅니다.

밤이야, 라는 말은

## 파양

작은 뱀아
작은 뱀아

내 영혼을 두드려줄래

오래된 구두를 고치는 마음으로

긴 배를 쓰다듬다 밤을 맞고 싶어
긴 배를 쓰다듬다 손을 잃고 싶어

땅에 굴을 내듯
마음에 굴을 내고
머리를 박고 울고 싶다
조그맣게
조그맣게

나는 작은 고양이를 잃어
버렸어

접을 수 있는
마음이 있다면
놓칠 수 있는
마음이 있다면

작은 뱀아
작은 뱀아

마치 내 영혼이 뱀인 것처럼

사랑은 길고, 지나간다

어저께를
더 먼 어저께를

방바닥에 어지럽게 찍힌 발자국을 지우며
생각한 건 태양의 작파
물결들의 물러남
뛰고 먹고 잠들다 어지럽게 찍힌
네 양기
네 발자국
네 빛나던 갈기
네 눈의 노랑

나는 살아본 적 없는 시간이 그립나
나는 살아본 적 없는 시간이 그리워

—  마치 내 영혼이 뱀인 것처럼
   내 입의 열림
   이빨에 독이 고이며
   내 입의 열림
   기어가는 슬픔을 한입에 삼키고 싶은
   내 입의 열림

   작은 뱀아
   작은 뱀아

   내 영혼을 두드려줄래

   오래된 구두를 고치듯

—

## 우산 사세요


우산을 팔기 위해선
흐린 기분과 불행 한 톨이 필요합니다

매일 우산을 팝니다
아주 쉽습니다

너는 아니야, 지적하는 손들이 지나가고
그들의 손을 모아 합장합니다
비틀린 기도 끝엔
우산을 팔아야 합니다

제 우산은 아닙니다
제 우산을 줄 수는 없으니까요
제 것이 아닌 우산을 팔아야 합니다

어제는 충분했고 오늘은 불충분한
빛
그리고
빛

우산을
여러 개 챙겨 허리춤에 묶습니다
비가 와도 사용할 순 없습니다

사용한 우산을 팔 순 없으니까요
내 우산이지만
내 우산은 아닙니다
발등 위로 깨소금만한 빗방울이 몇 개 지나갑니다
불운은 늘 쩨쩨하게 옵니다
무섭습니다 구름이
건드리면 변합니다
그전에 우산을 팔아야 합니다

우중충한 기분을 분처럼 발라둔 우산을
허리춤에서 끌러
바닥에 세워둡니다
자꾸 쓰러지려 합니다
버튼을 누르면
죽은 나무에서 싹이 돋듯
활기차질 수도 있는
우산을 팔겠습니다

제 우산은 아닙니다
제 우산을 팔 수는 없으니까요

내 것 아닌 내 우산을
들고 나가서 외치겠습니다

우산 사려
우산을 사려

목소리가 쏟아지는 사이
내 처음과 마지막이
젖어 어두워지는 사이
빗줄기가 하나둘
도착합니다

## 빗방울 쪼개기

침대 아래에서 나는 짐승이었다가
접힌 우산이 된다

침대 아래에서 나는 세상을 두드리는 해파리였다가
찢어진 우산이 된다

지나가는 하마가 하염없이
하염없이
하품을 하고

침대 아래에서 나는
고양이가 떨군 수염이었다가
펼쳐진 우산이 된다

우산이 아닌데 나는 자꾸만 우산이 되고
그것은 나 아닌 나의 탄생

우산을 사세요
다 살아본 우산을 사가세요

오랫동안 나는 펼쳐진 침대를 접으려 애썼다
침대 아래에서

## 죽은 새

나쁜 기운을 털어내고 나니
죽은 새가 보였다

세포마다 타르가 칠해진 듯 무거워
밀가루를 끊었다

부리를 안쪽으로 묻은 채
가느다란 다리를 뻗고 죽은 새,

죽음은 환원이 아니라
응집이나 오그라듦이다
내가 본 사체들은 다 그랬다

이제 성실하고 선한 사람들만 믿을 거다
한사코 기억할 거다
착한 당신의 뒷모습,
어떻게 살다 어떻게 갔는지를

어떻게 왔는지는 크게 중요치 않다

당신은 다 살아보았다

# '공들여 추락하는' 불사조의 눈부심

신미나(시인)

## 스무 살의 그는 하루에도 아홉 번씩 죽은 사람 같았다

귀신처럼 어둡고 골똘했다. 신보다 "귀신과 근친"(「경주1」)이었다. 물웅덩이를 응시하다가, 현란하게 흘러가는 시를 낚아챘다. 너무 쉽게 그걸 해냈다. 그는 담대하고 용감했다. 슬픔과 열렬히 연애했고, 팽배한 자의식을 억지로 누르지 않았다. 그는 직정의 언어로 시와 직면했다. 삶이 "금방 일어난 사고 현장"(「안티고네의 잠」, 『속눈썹이 지르는 비명』, 창비, 2007, 이하 『속눈썹』)과 같았으므로 부지런히 수습해야할 것이 많았다. 자꾸만 흘러내리는 아버지를, 사랑을 업고 시를 썼다.

그는 언젠가 손톱이 새까매지도록 울었다. 왜 그리 우느냐고 물어보면 모른다고, 눈물이 안 그친다고 했다. 나는 울어서 작아진 그의 눈을 보고 '단춧구멍' 같다고 놀리곤 했다. 실없는 우스갯소리로 그의 기분을 나아지게 하고 싶었는데, 잘 안됐다. 나는 그가 실컷 울고 난 후의 얼굴을 좋아했다. 깨끗한 눈물로 씻긴 얼굴, 후련하게 진이 다 빠진 말간 얼굴.

다음날이면 그는 부지런히 쏘다녔다. 삶의 냄새를 맡고, 궁금해하며, 깨물고, 공들여 핥았다. 정말이지 목숨이 아홉 개인 새끼 고양이처럼 피로를 몰랐다. 그의 시는 그런 데서 활짝 펼쳐졌다. 이마에 핏방울을 묻히고 천진하게 태어났다. 피어난 줄도 모르고 무더기로 핀 꽃 같았다.

## 서른 살의 그는 이따금 생각나면 죽었다

그는 하룻밤 새 백 살 먹은 할머니처럼 한숨을 쉬었다. "간 장을 종지에 따르다/ 한 방울 톡," 튄 자리에서 "서른이 피 어났다". "기차가 왼쪽 귀로 들어와 오른쪽 귀로 나갈 때까 지"(「서른」, 『아버지는 나를 처제, 하고 불렀다』, 문학동네, 2012) "무럭무럭 늙"(「얼음을 주세요」, 『속눈썹』)어갔다.

그 무렵 우리는 여러 일자리를 전전했다. 광고 회사, 보습 학원, 잡지사…… 둘 다 진득하게 일하지 못했다. 그는 퇴 근하면 스위치를 탁 껐다. 원하는 바가 있으면 정확히 집중 했고, 아낌없이 몰두했다. 그게 시였다.

그는 인생을 한번 살아본 사람 같았다. 자꾸만 시비 거는 인생에게 '항복!'이라고 외치며 빈손을 내보였다. 그는 대문 밖에 백기를 걸고, 책 속으로 부지런히 걸어들어갔다. 박용 래와 아모스 오즈, 뒤라스와 김수영. 죽은 시인들에 깊이 빠 져 놀았다. 그는 썼다. 쓰면서 다시 살아났다. 그때 우리는 시에 진심이었다. 그는 '진심'이란 말을 '진심'으로 들어주 었다. 그 앞에서라면 로르카의 두엔데(duende)와 세상 모 든 '바보 이반'의 서글픈 아름다움에 대해 허심탄회하게 말 할 수 있었다.

## 마흔 살의 그는 웬만해서는 죽지 않았다

그는 불사조처럼 날았다. 오른쪽에 시의 날개를, 왼쪽에 산문의 날개를 달았다. 기세 좋게 날개를 펼치면 환상의 불티가 날렸다. 이제 그는 고백한다. "죽는 법을 자꾸 잊는다/ 무덤 속에서도 자꾸 살아난다/ 사는 일이 큰 이득이란 듯,// 살고/ 살아나면/ 살아버린다// 서른과 마흔,/ 사이에/ 산문이 있었다// 그걸 쓰느라 죽을 시간이 없었다!"(「시인하다」)라고.

마감에 시달린 그의 얼굴이 호되게 혼난 사람처럼 보인 적도 있었다. 그럴 때 그는 '혼자'라는 말에 비스듬히 기대선 사람이다. 어쩌면 그는 지난밤, "무너지는 산을 등으로 막아야"(「저녁엔 얇아진다」) 했는지도 모른다. 나는 무슨 사정인지 다 묻지 않는다. 그 시간이 지나면, 그는 아무 일 없다는 듯이 대문 밖으로 걸어나올 것이다. 숨이 죽은 샐러드를 포크로 뒤적거리다, 갑자기 생각났다는 듯 이렇게 묻기도 할 것이다.

"사랑과 늙음과 슬픔,/ 셋 중 무엇이 힘이 셀까?"(「재봉틀과 오븐」)

142

# 오프닝 크레디트: 다음 문장을 위한 다섯 개의 시퀀스

이 글은 그의 친구이자 독자로서, 짤막한 감상과 소회를 조금 보탠 것이다. 2007년, 스승의 소개로 그를 처음 만났으니, 제법 오랫동안 친하게 지냈다. 그러나 그를 잘 안다고 말하는 것과는 별개의 문제다. 과거의 경험을 공유했다고 해서 누군가를 잘 안다고 말하는 것은, 그에 대한 오독과 편견을 내보이는 것이나 다름없기 때문이다. 발문을 쓰면서, 나는 그를 편애하지 않으려 애썼다. 그러나 번번이 실패했다. 나는 다만, 이 글이 박연준 시집을 여는 열쇠 중 하나가 되길 바란다. 그중에 하나를 건넨다.

## #1 아홉 달을 내리 우는 고양이

2004년 중앙신인문학상으로 데뷔한 뒤, 그는 지금까지 네 권의 시집을 냈다. 등단작 「얼음을 주세요」를 기억하는가. 그 돌올하고 과감한 문장의 매혹에 끌린 이들이 적지 않을 것이다. 나 역시 그랬다. 그의 첫 시집은 파랗게 날 선 단도 같았다. 단단하고 힘이 셌으며, 금방 용광로를 빠져나온 듯 뜨거웠다.

우리는 자주 만났다. 함께 영화를 보거나 책을 읽으며, 대체로 맥락 없고 산만한 감상을 나누었다. 그는 종종 사는 게 시시하다는 듯이 입술을 뽀족 내밀며, 심드렁한 표정을 짓곤 했다. 어떤 날은 밤이 늦도록 이야기를 나누었다. 앉은 자리에서 책 한 권을 완독하듯이, 대화에 푹 빠져들었다. 집에 돌아와서도 고양된 기분이 쉬이 가라앉지 않았다. 나는 침대에 누워 그와 나눈 대화를 복기하곤 했다. 그 속에 시가 있었다. 한 장, 한 장. 그 창백한 낱장이 팔락팔락 떨어져 얼굴을 덮었다.

이십대였던 그가 감당해야 할 생활은 녹록지 않았다. 그래서 자주 울었다. 익히 많은 독자에게 사랑받은 그의 산문집 『소란』(난다, 2020)에서 밝혔듯이, 그는 '완창'의 대가였다. 나는 눈물 없이, 시인 박연준을 말하기 어렵다. 그 얘길 꺼내야겠다.

오래전 저녁식사 자리에 그를 초대했다. 그는 술이 약했다. 고작 포도주 몇 잔에 취해, 식탁 다리를 붙들고 울었다. 눈물이 끊길 듯 끊어지지 않았다. 급기야 그는 고양이를 안고 울었다. '고장난 수도꼭지처럼' 그칠 줄 몰랐다. 그는 젖은 얼굴로 울다 지쳐 잠이 들었다. 이제 좀 잠잠해졌나 싶었는데, 다시 2부가 시작되었다.

만약 박용래 시인이 그 자리에 계셨다면 '눈물의 시인'이라는 별칭을 그에게도 허락하셨을 것이다. 그는 박용래 시인이 "두만강 눈송이를 바라보며 한없이 한없이 그냥 울*듯이

---

* 이문구, 「공산토월(空山吐月)―관촌수필 5」, 『공산토월』, 문학동네, 2014, 228쪽.

울었"다. 줄줄 울었다. 어떤 때는 이유가 있었고, 어떤 때는 뚜렷한 이유 없이 울었다. 한번 울면 세 시간은 너끈했다. 그러고는 퉁퉁 부은 얼굴로 "내가 얼마나 울었냐?" 하고 물어봤다. 누군가 이렇게 물을 수 있겠다. 사는 게 다 비슷한데, 뭐 그리 우냐고. 나도 그런 질문을 들으면 뭐라고 답해야 할지 모르겠다. 우물쭈물하다가 덩달아 눈시울이 붉어졌을 테니까.

그는 슬픔의 안티고네, 눈물과 혼인한 시인이었다. 시가 좋아서, 아버지가 가엾어서, "엄마의 양말이 너무 작은 것이 다만 마음에 걸려"(「껍질이 있는 생에게」, 『속눈썹』) 자주 울었다. 그는 슬픔의 화수분, 자꾸만 퍼내도 눈물이 마르지 않았다.

이제 그는 그때보다 덜 운다. '우는 데도 힘이 들기 때문'이라고 말한다. 애석하게도 "사랑을 위해선 힘이 필요해"(「재봉틀과 오븐」)라고 말한 사람이, 만우절에 죽었기 때문이다.

#2 인생은 이상한 음악—오른발은 알레그로, 왼발은 아다지오
그의 시는 리듬이다. 음악이나 춤에 가깝다. 이 시집을 맛있게 읽으려면, 먼저 소리 내어 읽어보길 권한다. 낭독할 때 음성학적 재미가 도드라지는 시편이 많다. 어느 인터뷰에서 그는 퇴고할 때 꼭 소리 내서 읽는다고 밝혔다. 이와 무관하지 않을 것이다. 이제 시인이 세운 원형극장에 입장하는 일만 남았다. 그 무대 위에는 아홉 개의 품사로 굴러가는 기차가 지나간다. 핀 조명을 받은 배우처럼 낭독해보자. 칸칸마다 이런 단어가 그득하다. '가쁜, 바쁜, 슬픈, 기다란, 애호박, 똥, 그림자, 고양이, 점프, 발'과 같은. 우리는 다음에 읽을 시를 통해, 그가 가진 리듬의 비결을 살짝 엿볼 수 있다.

　　파열음을 돌보는 개가 사는 언덕에선 나를 이렇게 부른다

　　아침엔 바보 점심엔 파도

　　저녁엔 따귀 까마귀 푸성귀

　　밤엔
　　카오스 피안
　　카오스 피안

　　그곳에서
　　내 미래 직업은 아지랑이
　　내 둥근 식탁은 아지랑이
　　내 굳은 슬픔은 아지랑이

　　바보 파도 따귀
　　푸성귀

소리 없이 리듬만으로
울 때, 나는

동물 소리
                    —「울 때 나는 동물 소리」 부분

  이 시는 의미보다 리듬이 선행한다. 이성보다 감각으로
썼기 때문이다. 가령, 바보, 파도, 따귀 뒤에 푸성귀가 도대
체 무슨 연관이 있느냐고 물을 수 있다. 머리로 해석하기 전
에 바보, 파도, 따귀, 푸성귀라고 발음해보자. 먼저 운율을
따라가다보면, 의미가 뒤따라온다.
  그의 시는 아름다운 불협화음이다. 별다른 관련이 없는
단어와 단어 사이에 투명한 출렁다리가 놓이고, 반복이 리
듬을 만들어낸다. 자유연상을 따라 띄엄띄엄 놓인 단어를
건너, 우연성과 비약이 만나 신나게 충돌한다. 흐름에 몸을
맡기는 게 중요하다. 춤을 추고 있다는 느낌, 나는 그런 기
분으로 그의 시를 읽는다. 이것이 내가 그의 '무보(舞譜)'를
읽는 방식이다. 그의 산문이 '마라톤'이라면, 시는 '스프린
트'라고 비유해도 될까. 이성이 검열의 호루라기를 불기 전
에, 리듬이 질주해 결승 테이프를 끊는다. 이어서 소개할 시
를 읽기 위한 준비물은 따로 없다. 음악도 조명도 필요 없
다. 오직 고요함, 그것 하나면 된다. 또 한 편을 읽어보자.

상아
상아
상아

이리 온

숨진옷은 빨강
숨진옷은 파랑

이리 온
이리 온
내 가엾은 이름,

할아버지는 나를 부르고
나는 아비를 부르고
아비는 할아버지를 부르며

우린 다 죽어요
분명,

도래하는 어느 봄
도래하는 어느 밤

그럴 거예요

이리 온
이리 온

승냥이들이 달려와 삼창하는

이상한 봄과 밤이
있을 거예요

그럴 거예요
                                        —「초혼(招魂)」전문


 괴괴한 밤, 승냥이의 울음소리가 가까워지는 밤. 여기, 사
랑하는 딸을 두고 떠나지 못하는 영혼이 있다. 누가 어둑한
곳에 야윈 등을 웅크리고 있는가. 상아, 상아, 상아. 그는 상
아를 부른다. 사나운 승냥이의 울음이 그치길 기다리듯이.
타이르는 듯 부드러운 목소리로 부른다. 이윽고 어둠 속에
서 상아의 이마가 반쯤 드러날 때까지.
 그 유명한 소월의 시를 떠올리지 않더라도, 우리는 '상아'
라는 이름을 부르는 행위를 통해, 애도의 과정 속으로 자연
스레 동참할 수 있다. 모두가 죽는다는 사실이 이상한 위안

을 주는 애틋한 시다.

오래전 부친의 장례식장에서 그는 담담했다. 눈물을 한꺼번에 방류하지 않았다. 슬픔의 둑을 서서히 무너뜨리는 이는 슬프다. 어느 밤, 어느 거리에서, 조금씩 눈물을 흘릴 것이므로. 그는 안다. 죽은 이를 떠나보내는 일은 가슴에 '큰 무덤'을 파는 일임을. 이미 한번 죽은 마음을 흙으로 덮고, 살아가는 비애라는 걸. 이 시집에서 가장 슬픈 명사는 '상아'다. '상아'는 그의 아버지 이름이다.

#3 사랑의 엘레지―당신은 주먹을 내세요, 저는 가위를 낼게요
디에고 리베라의 전시를 보러 세종미술관에 간 적이 있다. 우리는 방대한 그림을 올려다보았다. 그는 뻣뻣해진 목을 주무르며 이동했다. 처음 그가 프리다 칼로와 디에고 리베라의 사랑에 대해 말했던 게 언제였던가. 그때 나는 그의 얼굴에 어리는 사랑의 기미를 스치듯 보았던가.

그의 이마는 사랑의 경작지였다. "프리다 칼로가 여러 번 자기 이마에 디에고 리베라의 눈이 박힌 모습을 그렸듯이"(『밤은 길고, 괴롭습니다』, 알마, 2018, 47쪽) 그도 "깨진 이마"(「불사조」「재봉틀과 오븐」「이렇게 말하면 어떨까」) 안에 '무엇'을 심었다. 거기에 무슨 씨앗이 뿌리를 내리는지, 나는 몰랐다. 어떤 시간은 괄호로 비워둔 채로 흘러간다. 다만 '무엇'이 그에게 매우 소중할 거라고 짐작했다. 설령 "고통을 파종"(「쫓는 자와 도망가지 않는 자―상처 입은 사슴」)하는 사랑이라 할지라도, 그는 지켜낼 사람이었다. 사랑할 때 그는 천하장사이기 때문이다. 그는 이런 말을 자주 했다. "누가 사랑에 빠진 사람을 말릴 수 있"(『소란』, 33쪽)느냐고.

　　수천 발의 화살로
　　당신이 내게 오셔도
　　몰라요 앵글의 공포를 바깥을 향해 기어가는

　　피의 속도를
　　위선이 아니라
　　체념이 아니라

　　내 몸은 고통이 선택한 통로,
　　나는 그냥 상처의 새끼예요
　　　　　　　　　—「쫓는 자와 도망가지 않는 자—
　　　　　　　　　　상처 입은 사슴」 부분

　사냥의 속성은 쫓고 쫓기는 데 있다. 그러나 이 시에서 사냥은 조금 다른 게임이다. 사냥감이 도망갈 생각을 하지 않고, 스스로를 그물로 포박하기 때문이다. 사냥감이 먼저 사냥꾼에게 사랑의 패권을 쥐여준 셈이다. 내가 가진 패를 먼저 뒤집어 보여주며 사냥감은 말한다. '이미 졌다'라고, 사랑의 약자를 자처한다. 사냥감과 사냥꾼이, 사랑의 강자와 약자가 전복되는 상황이다. 이어지는 구절을 보자.

악보를 그리는 사냥꾼들이 속삭인다

누가 잡힌 그물에 대가리를 또 밀어넣지?

*사냥감은 나빠, 사냥감이 제일 나빠*
*왜 자꾸 사냥을 부추기냔 말이야!*

노래를 부르다 총구를 쓰다듬고, 총알을 입술로 감싸도
흘러가는 구름을 밀어내며
냉큼,
또 죽으러 가는!

나는 가장 나쁜 사냥감이었으므로

세상의 모든 그물을
끊어놓겠다
　　　　　　　　　—「'멍청하고 과격하게' 연주할 것—
　　　　　　　　　　머리카락을 잘라버린 자화상」부분

　그물에 걸린 사냥감은 "고통이 휩쓸고 간 자리에 놓인/
나는 한 마리 첼로"(「나는 하반신을 잃은 치마—부서진 척추」)처럼 놓인다. 여기서 사랑은 고양된 언어로 축포를 터트리는 찬가가 아니다. 내부에서 새어나오는 파열음을 가까스로 봉합하려는 신음에 가깝다. 이쯤 되면 사냥꾼이 그물을 치고 사냥감을 기다리는 건지, 사냥감이 먼저 그물에 들어가는지는 중요치 않다. 에로스와 타나토스가 한몸이 되어 뱀처럼 엉킨 사랑을 그 누가 이길 수 있으랴. 척추에 화살이 꽂힌 채 피를 흘리는데도 "내 몸에서 아직 음악이 흐"(같은 시)른다고, 노래하는 사랑을.

#### #4 우산 사세요, 나는 다 살아본 우산이랍니다

이번 시집에서도 탄생에 대한 자기부정은 여일하게 등장한다. "우산이 아닌데 나는 자꾸만 우산이 되고/ 그것은 나 아닌 나의 탄생"(「빗방울 쪼개기」), "(죽음이 나와 동시에 태어난다)/ 위아래로 머리가 달린 슬픈 짐승/ 서로 분리되기 위해 기다래질 때/ 비명 속에서 해체되는 것,/ 탄생!"(「나는 졌다—나의 탄생」).

어떤 이에게 탄생은 축복받아 마땅한 일이지만, 누군가에게는 쉽게 이해할 수 없는 질문이 되기도 한다. 후자의 경우, 탄생은 그가 스스로 해명해야 하는 질문이다. 이 세상에 피투*된 존재, 어딘가 한구석은 깨지고 부서진 채로 태어난 반쪽.

---

* 우리가 스스로 결정하지 않았음에도 우리는 이미 세계 속으로 이

그의 탄생은 깨트림(破)에서 비롯한다. 결집보다는 해리, 합체보다 해체. 의미의 유기적 통일성보다 비의미의 다양성으로 이어진다. 그에게 사랑의 본질은 무엇인가? 형클어짐이다. "형클어짐은 사랑의 본질이라고/ 수렴될 수 없다고/ 물방울이 아래로 떨어지며 동그란 생을 파열시키는 일"(「나 귀쇠가 내 사랑을 지고 걸어간다」)이라고. 사랑은 이제 막 죽음의 산도(産道)를 빠져나와, 축축한 껍데기를 머리에 얹고 다시 태어났다. 그 얼굴을 보라.

나는
끈적한 이마를 가진 다람쥐
깨진 이마로 춤추는 새의 알

이곳에서는 깨진 것들을 사랑의 얼굴이라 부른다
깨지면서 태어나 휘발되는 것
부화를 증오하는 것
날아가는 속도로 죽는 것

(……)

---

미 던져져 있다는 의미로, 독일의 철학자 마르틴 하이데거가 이 개념을 처음 도입했다.

나는 반 마리야
그냥 반 마리,

죽지도 않아

"사랑이 죽었는지 가서 보고 오렴,
며칠째 미동도 않잖아."

내가 말하자 날아가는 조약돌

돌아와서는
아직이요—, 한다

아직?

아직

　　　　　　　　　　　　—「불사조」 부분


　그의 시에서 '죽고 싶다'는 말은, '살고 싶다'는 말과 동
의어이다. 나는 이 말을 '살아가려면 죽음과도 같은 고통을
통과해야 한다'라는 정언명령으로 읽는다. 필연적으로 삶
은 고통을 동반한다. 교통사고를 당한 프리다 칼로가 "다
친 것이 아니라 부서진 거예요"라고 자신의 상태를 표현했

듯이, 그도 "십자가에 못박힌 건 내가 아니다/ 십자가가 내게 와 박혔다"(「나는 하반신을 잃은 치마—부서진 척추」)라고 '이미 주어진' 삶의 고통을 받아들이는 예사롭지 않은 태도가 엿보인다.

제아무리 고통스러운 사랑이라 할지라도, 그는 쉽게 낙담하거나 체념하지 않기로 한다. 고통은 시인으로 하여금 시를 쓰도록 추동하는 동력이 된다. 이러한 자기 인식은 '나'로만 매몰되지 않고, '나' 이외의 존재들을 향해 가지를 뻗어나간다. 더 자세히 보기 위해, 그는 점점 '작은 인간'이 된다.

### #5 피아노, 피아노시모─작은 사람이 말할 때

바보를 사랑하는 일은 관두기로 한다
아는 것은 모르는 척
모르는 것은 더 크게 모르는 척
측립(側立)과 게걸음은 관두기로 한다
보이는 것을 보고
보이지 않는 것은 보지 않은 채
실재를 감지하기로 한다
(……)
사랑하기로 한다
결혼이란
오른쪽으로 행복한 사람과 왼쪽으로 불행한 사람이

한집에서 시간을 분갈이하는 일,
뒤척이는 화분에 물을 주기로 한다
진딧물도 살려주기로 한다
영혼을 낮은 언덕에 심고
이제부터

작은 것에만 복무하기로 한다
                                    —「유월 정원」 부분


　그는 이제 "작은 사람"이 되어 "작은 것에만 복무하기로"
한다. 세상이 작은 것들로 촘촘히 연결된 것을 보고, 타자
를 향해 시선을 돌린다. 그는 자신의 경험을 투과하면서, 타
자의 죽음을 이해한다. '작은 죽음을 사고파는' 무서움과,
공장식 축산과 여성의 목소리, 뭇 생명으로 확장된다. 나아
가 사회의 안전망에서 벗어난 이들과, 외계인이 보는 지구
인에 대한 상상으로까지 활달하게 뻗어간다. 작은 혼을 불
러 제를 지내기도 하고, 폭력에 무감한 '지구인'에게 경종
을 울린다. 그리고 시집의 맨 마지막에 이 문장을 선언하듯
배치한다.

　어떻게 살다 어떻게 갔는지를

　어떻게 왔는지는 크게 중요치 않다

당신은 다 살아보았다

—「죽은 새」 부분

불사조는 영생을 바라지 않는다. 사는 동안 이미 여러 번
죽어봤기 때문이다. 여기서 살아가려면 죽어야만 한다는 역
설. 죽어야만 다시 태어날 수 있다. 따라서 불사조는 불멸을
향해 '비상'하는 불사조가 아니라, 소멸을 향해 '공들여 추
락'하는 불사조이다. 인생이 죽음의 망토를 두른 연약한 새
와 같다는 사실을, 그는 일찌감치 알아챘다. 그리고 돌아본
다. 우리에게 주어진 일상이 반복이라는 연속무늬로 이루어
졌다는 것을. 때로는 그 '차이'와 '반복' 속에서 이토록 놀랍
고 신비로운 통찰을 획득한다.

(······)밤은 공공재입니다.

어제 태어난 아기도 밤을 겪었지요. 어제 태어난 아기
도 밤이 한 올 한 올 빚은, 캄캄한 머리카락을 가졌지요.
어제 태어난 아기도 밤이 세상을 한꺼번에 덮어 사라지게
하는 것을 느꼈겠지요.

세상에 태어나 가져본 게 겨우 밤이라니,
아름답지 않나요?

## 엔딩 크레디트: 눈 녹는 마당에 우리가 두고 온 것들

이 글의 초고를 쓸 즈음에 그를 보러 파주에 갔다. 특별한 용건은 없었다. 그냥 그가 보고 싶었다. '그냥'이라는 부사로 설명이 충분한 날도 있게 마련이다. 그와 밥을 먹고 식당에서 나왔다. 그가 절에 주차해두었다고 했다. 야트막한 산중턱에 도량이 있었다. 비포장도로를 따라 올라갔다. 절 마당에 눈이 녹아 질퍽거렸고, 응달에는 잔설이 남아 희끗희끗했다. 그가 말했다.

"저 산이 심학산인데, 심자가 찾을 심(尋)이야."

"심우도 할 때 찾을 심?"

"응. 그 심!"

위쪽에 커다란 여래불이 있었다. 절 마당을 가로질러가면 신발이 더러워질 게 뻔했다. 그는 거기까지 가지 말자고 했다. 나도 동의했다. 우리는 신발에 진흙 한 점 묻히지 않고, 절 입구에 서서 짧게 기도했다. 성의 없는 기도를 해서 부처님께 미안했다. 멋쩍어서 조금 웃음이 났다. 멀찌감치 물러서서 보니, 여래불 전체가 보였다.

파주까지 간 김에 임진각에 가보자고 내가 먼저 제안했다. 그와 커피로 입가심하며 미적대다가, 결국 가지 않았다.

밖으로 나와 보니, 해가 설핏 기울었다. 집으로 돌아가는 길에 하나둘 떠올렸다. 우리가 찾았거나 잃어버린 것에 대해. 하려다 만 말. 우리가 사랑하는 고양이. 베드로의 순교와 가룟 유다의 배반에 대해. 잃어버린 장갑 한 짝과, 꽉 쥔 주먹을 슬그머니 푸는 순간에 대해. 개중에는 하지 않아서 좋은 일도 있었을 테고, 아끼느라 모서리만 다듬다가 증발한 말도 있었을 것이다. 거기에 눈이 되었다가, 비가 되었다가 물로 남은 것, 땅을 질게 하거나 굳게 하는 것들이 있었다. 우리가 발 딛고 있는 땅 위에 있었다.

나는 가끔 안 보는 척 그의 이마를 본다. 작고 희미해서 자세히 보지 않으면 찾을 수 없는 조그만 흉터. 그 안에 차가운 빗줄기 몇 줌, 캄캄하게 그을린 울음이 몇 번이나 지나갔을까. 그에게 좀더 귀를 활짝 열어두지 못한 게 미안하다. 그러나 너무 무겁게 사랑하지 않기로 한다. 이제 나는, 그가 절 마당에 꽂아둔 연필에서 싹이 돋아났다고 말해도, '그냥' 들어주는 사람이 되고 싶다. 잘 될지는 모르겠다.

한번은 그가 소원을 한 가지 말한 적 있다. 할머니가 되면 벨기에 출신의 영화감독 아녜스 바르다처럼 염색을 하자고. (아녜스 바르다니까 사랑스러운 보라색 버섯 머리 모양이 어울리는 게 아닐는지.) 상상만 해도 부끄럽다. 하지만 그의 소원이니까 한 번쯤 들어줄 수 있겠지.

나도 소원을 추가해야겠다. 할머니가 되면 보라색 버섯

머리를 하고, 임진각으로 소풍 가자고. 거기서 〈마리아 엘
레나〉를 듣자고. 기분이 좋으면 장국영처럼 맘보를 춰줄 수
도 있다. 아마 그는 극구 사양할 것이다. 그리고 나란히 지
는 해를 보자. 마리아 엘레나, 마리아 엘레나. 그날이 머지
않을 것이다.

**박연준**  2004년 중앙신인문학상을 받으며 등단했다. 시집
으로『속눈썹이 지르는 비명』『아버지는 나를 처제, 하고
불렀다』『베누스 푸디카』『밤, 비, 뱀』이 있다.

— 문학동네시인선 209
**사랑이 죽었는지 가서 보고 오렴**
ⓒ 박연준 2024

— 1판 1쇄 2024년 4월 15일
1판 6쇄 2024년 12월 5일

지은이 | 박연준
책임편집 | 강윤정
편집 | 김봉곤
디자인 | 수류산방(樹流山房) 본문 디자인 | 최미영
저작권 | 박지영 형소진 최은진 오서영
마케팅 | 정민호 서지화 한민아 이민경 왕지경 정유진 정경주 김수인 김혜원
　　　　김예진
브랜딩 | 함유지 함근아 박민재 김희숙 이송이 김하연 박다솔 조다현 배진성
제작 | 강신은 김동욱 이순호
제작처 | 영신사

펴낸곳 | (주)문학동네
펴낸이 | 김소영
출판등록 | 1993년 10월 22일 제2003-000045호
주소 | 10881 경기도 파주시 회동길 210
전자우편 | editor@munhak.com
대표전화 | 031) 955-8888 팩스 | 031) 955-8855
문의전화 | 031) 955-2696(마케팅), 031) 955-2678(편집)
문학동네카페 | http://cafe.naver.com/mhdn
인스타그램 | @munhakdongne 트위터 | @munhakdongne
북클럽문학동네 | http://bookclubmunhak.com

ISBN 978-89-546-9944-0 03810

www.munhak.com

**문학동네**